스토르게

스토르게

발행일   2023년 3월 30일

지은이   이준정
펴낸이   손형국
펴낸곳   (주)북랩
편집인   선일영   편집   정두철, 배진용, 윤용민, 김부경, 김다빈
디자인   이현수, 김민하, 김영주, 안유경, 최성경   제작   박기성, 황동현, 구성우, 배상진
마케팅   김회란, 박진관
출판등록 2004. 12. 1(제2012-000051호)
주소   서울특별시 금천구 가산디지털 1로 168, 우림라이온스밸리 B동 B113~114호, C동 B101호
홈페이지 www.book.co.kr
전화번호 (02)2026-5777   팩스   (02)2026-5747

ISBN   979-11-6836-804-0 03810 (종이책)   979-11-6836-805-7 05810 (전자책)

스토르게

이준정 시집

STORGE

북랩

✦

─────────────────────────── ✦ ───────────────────────────

스토르게란, 찾아보면 오래 알고 지내면서 무르익은 사랑이라
고 나온다.

다시 말해 스토르게란, 부모, 자식 간의 사랑이나 피를 나눈
형제애를 의미한다.

이 시집은 내가 세상에서 가족, 형제라고 이해하고 있는 사람
들의 이야기이다.

형제라고 함은 내 인생의 대부분을 차지했던 의과 대학에서의
삶과 의사로서 부딪히는 사람들(인턴 때 각 과의 사람들, 전문의
때 간호사들)의 얘기를 빼놓을 수 없다.

그리고 3부는 살면서 내가 오래 부대끼며 형제라고 느꼈던 사람들에 대한 시들이다.

독자 여러분들이 이 시집을 읽으며 시를 쓰던 나와 같이 카타르시스를 느꼈으면 좋겠다.

2023.3.

고신대 복음 병원에서

이준정

별

스토르게

술

그대 있는 곳이 비록 내가 있는 곳이 아닐지라도
나는 그대로 인해 숨 쉴 수 있다네
그대 있는 그곳이 비록 구원과는 다른 곳이나
나 그대의 진솔한 몇 마디에
마실 수 없는 술을 마신다네

그대 있는 길에서 이토록 진실할 수 있는지
나는 몰랐네
내 친구여……

목차

1부

가족

나의 유니콘

2017년 겨울이었다
그 아기를 처음 본 것은…

날뛰다가
또 어쩔 수 없이 길이 들었던 내 인생에
딸이 태어났다

내가
유니콘을 낳았다

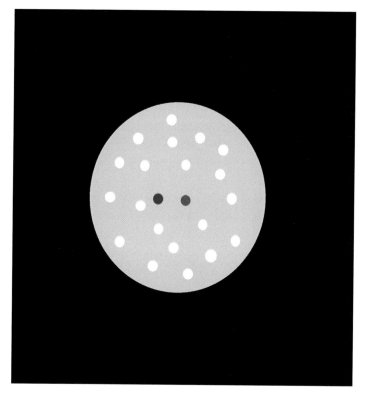

결혼식

낙원

사철에 봄바람 불어 있는 곳

동기들, 힘든 짐에도 같이 밥을 먹던 곳

믿음의 반석이 든든했던 품

거기가 우리의 낙원의 시작

스토르게

꿈

노화(Aging)

누구나
은빛 거인이었을 것이다

이제는
금으로 되었으나 허리 굽은
늙은이

점점
약해져 간다

뇌가 쫄아서인지
몸이 삭아서인지

의욕이 줄어든다
건망증이 온다

이 기억 저 기억이 혼합되고
진실은 찾을 수 없게 된다

피로가 풀리지 않는
늙어 버린 소년
그것이 나

달

농부의 아들

"나는 짜라투스트라의 아들 시니컬케리우스다."

"나는 푸룩푸룩투스 클래스의 시니컬리우스."

"그. 러. 냐?
나는 좆채."

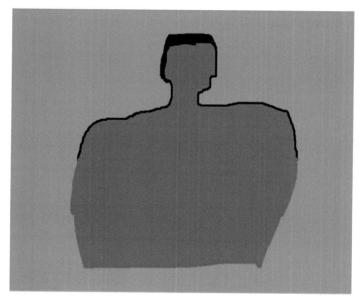

나를 보는 자

리브가(Rebecca)

그때 너를 낳았지
시공간의 때
아버지가 안 계실 때

십자가와 젊은 아가씨
어머니의 하나님이 나의 하나님이 되겠고…

그때는 왜 몰랐을까
몰약과 나의 십자가를

쨍그랑
긴 시간 속…
흐르는 강 같은 세월…

주님

나의 아버지

재와 똥물

그것은 마르다의 것

또한 나의 십자가

육체를 가진자의 십자가

부모님

내가 본 것은 두 가지의 세계
한쪽은 나에게 따뜻한 마음을
한쪽은 나에게 투쟁을 알려 주었네

마치 하나님의 사랑과 공의의 두 얼굴같이
둘 중 하나라도 없었으면 내가 나일 수 없었겠지

사랑과 공의가 내게 그렇게 임했네

스토르게

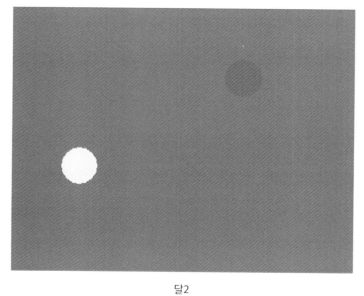

달2

상처 입은 자가 세상을 위로한다

나는 병에 시달렸다
하지만 현재 아버지가 나이 들어 쓰러지시는 상황이 내겐 슬픔이다

아버지는 돈이 없었다
하지만 용돈이 없다고 불평하는 나를 위로하곤 했다

예수께서 병고를 알고 손가락질받고 채찍질 맞은 후 가상에서
말라 갔다
그는 가상에서 저 사람들을 용서해 달라고 하나님께 호소했다

매번 더 상처 입은 자가 조금 상처 입은 자를 위로한다

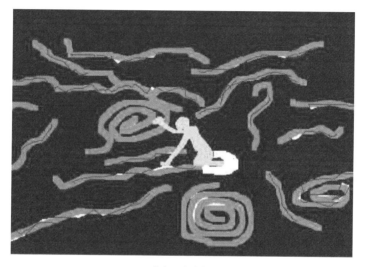

내장을 정리하다

스토르게의 의미

그것은 째깍째깍 소리
꿈속에서 나를 쫓아오는
타인의 심장 소리로 시작하였다

그것은 작은 불덩어리
65Gy의 방사선으로
이기적인 내 심장을 치료하였다

짝에 대한 갈구와 형제애를 지나
마지막에 남은 식구들에 대한 애정

내 소유 목록 중
가장 귀한 것
스토르게

아가

아가, 너 위에 평화 있으리
아픔을 울음으로밖에 표현 못 하는
아가, 너는 인간의 새끼

엄마의 사랑
너를 둘러싼 하나님의 포근한 가슴

아빠를 보면 너는 웃음 짓는다
나도 널 보면 웃음 짓는다
아가, 우리는 서로 사랑하는 사이

처음처럼 끝도 그렇게 살아라
아가, 너는 인간의 새끼

아이들이 연상되는 대로 그리게 했다

보석
그것은 인생에서 바꿀 수 없는 것들의 상징

사냥꾼
그것은 무서운 괴물과 싸우는 전사의 꿈

두 개의 봉우리
그것은 우리 존재 안의 큰 의미 아버지와 어머니

이것이 정말로 소중했던 어린 날들

스토르게

운동회

아줌마

그 옛날 아리따운 규수는
지금 무엇을 하고 있을까?

참깨 들깨가 쏟아지던
때를 지나
지금은 무엇을 하고 있을까?

새댁이었던 적도 있지
아들과 싸우며 한평생을 늙어 버린…

오늘도
계란과 밥과 국으로
가족을 챙긴다

어머니

어머니는 폭풍처럼 지나가신다
순식간에 내 세계는 아작이 나고
파편은 어느새 내 방 안의 꽃이 되어 피어난다

어머니는 지니를 부르시려
램프를 켜셨을까?

그것은 아무도 모른다

(엄마가 내 방에 들어와서 청소를 하는 것을 묘사)

여자 안에서

무한대로부터 우주 유영

베제테리안과 바바리안의 땅!
그리고 서왕모!

무한대의 공간 속에서
십진수의 시간 속으로
나는 들어왔다

(내가 태어나기 전에 내가 온 곳이 어디일까)

스토르게

다윗과 요나단

Enn

To where are you going?

To my love for my life!

Your skin has royalty deeply
In your heart, there is a red fire

If you weep like blood,
whoever weeps again?

I saw a sad movie
One girl was working and studying hard
She was unhappy and loved her little brother
She has eleven rubies
And holds the other precious stone

She is bloody

Foolishly, she loves all

The world is like an orphan asylum

흑표범

우리 아부지

터줏대감 영감님은
오늘도 비밀의 정원에 머루를 키우신다

한때는 집단 린치에 피눈물도 흘렸고
또 한때는 바위를 두 쪽 냈던 분
그리고 평생을 바울과 함께 산 분

십자가!
그것이 그의 생애

지금은 목자, 때로는 웅변가

꼰대이며
나를 낳은 어머니

        (아버지를 생각하며 쓴 시 나를 자기가 낳았다고 주장하심)

스토르게

목욕탕속 친구

우리는 모두 상처 입은 채로 세상을 살아간다

너무 높아서 부러진 콧대는
줏대가 없다

너무 강해서 깎인 턱은
힘을 쓸 수 없다

또는 너무 약해서
강해진 경우도 수없이 많다

그래
우리는 모두 일그러진 채로
상처 입은 채로
세상을 살아간다

스토르게

雌雄同體

빡퉁이와 씹탱이2

유니콘들의 세상

성난 세상에 이들이 도착하였다

세상과 타협하며 살아갈 준비를 하는 인간의 새끼들

날 준비를 하는 조류
사냥을 준비하는 맹수
슬픔을 맞기 전 조곡하는 사람

거대한 무덤 같은 이 세상에
다시 불을 켜기 위해
이들은 준비한다

부모는 애틋한 마음으로
유니콘의 길 갈 채비를 시킨다

스토르게

이미 거기 있는데

목이 매우 말라 힘들어서 주위를 둘러보면
나 전에 살았던 할아버지의 할아버지들이 판
가늠하기 힘들게 깊은 우물을 본다

놔두면 어떠냐?
지금껏 그렇게 지내 왔는데?

놔두면 어떠냐?
언젠가 제자릴 찾아갈 텐데?

뜨거운 해도 저녁이 되면
노을을 뿌리며 잠이 들 텐데
두서없이 흐르는 샛강들도
때가 되면 바다에 닿을 텐데

인생

힘겨운 하루가 지나고
외로움이 나를 감쌀 때

어머니에 대한 슬픔과
잃어버린 것들에 대한 상념들

피울음, 피무덤, 피투성이 아사셀

홀로 남아 있지만
합쳐질 수 없는
그런 사람들

그런 미련들이 아스러지고

동굴 안에 있어도
계신 하나님…

눈부신 것에 대한 동경이 지나고
이제는 모든 것들이…

오랫동안 잊혀져야 했던 것과
그중에 계셨던 하나님

주가 나를 사랑하시네
암탉과도 같은 나의 하나님

노스탤지어가 지워져 간 세월들은
이제 무엇으로 보상받을까?

암탉과도 같은 나의 하나님
나를 품으시고
내가 살아나기까지
계속 살기까지 품으시는

암탉과도 같은 나의 하나님

참 아름다워라 II

참 아름다워라
주님의 세계는
저 제왕의 보석보다
더 아름다운 길가의 까만 제비꽃

참 아름다워라
주님의 세계는
수풀이 우거진
그 속의 석류나무가 느끼고 있구나

참 아름다워라
주님의 세계는
눈물바다 위
고기잡이 어부가 그의 세계 속에 있구나

참 아름다워라
주님의 세계는
높고 광할한 그의 세계를
저 나르는 새가 보고 있구나

참 아름다워라
주님의 세계는
주께서 나를 고난 속
평화 속에서 이끄시는구나

첫 만남

나를 닮아 있었다
처를 닮아 있었다

아직 가누지도 못하는 사지가 애처로웠다
심학규의 마음이 이해가 간다

내 딸이다

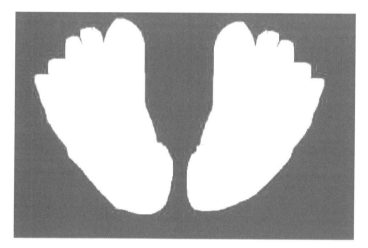

작은 날개

청연부(靑宴賦)(적벽부 III)

묻지 말아라

우주에 떠다니는 것은 우리의 넋
우리 자신의 존재에 대해서는 묻지 말아라

지구 아주 깊은 곳
우주 아주 밝은 곳
아니면 빛보다 빨라 볼 수조차 없는 곳
그곳이 어딘지 묻지 말아라

오직 우주 안에, 혹은 우주 밖에 계실지도 모를 우리의 아버지
그에 대해 알아야 할 뿐!

우주에서 가장 빛나는 곳, 네가 거기 있을지 모른다
우주에서 가장 어두운 곳, 또 네가 거기 있을지 모른다

우리가 삶을 시작하고 죽음을 시작하는 곳
그 지점이 같은 지점일지 모른다

건우와 직녀가 서로 만나지 못하는 이유는
새의 날개로 잇기에는 너무 멀기 때문이다

우리 같은 존재가 어느 항성과 행성에 있다면
혹은 없다 해도

오늘 하늘에 나르는 참새는 죽음을 모른다

치매

한때는 누군가의 어머니였고
한때는 누군가의 다감한 여인이었는데
이제는 잊혀져 간다

지금이 언제인지
여기가 어디인지
내 앞에 앉은 네가 누구인지
모두 잊었다

내가 누구인지도
희미해졌다

지나온 날들의
흔적만 남은 나머지 시간들…

접힌 날개

투쟁 소녀

투쟁은 그녀의 삶

아이는 그녀의 투쟁을 보고
어른이 되어 갔다

그녀의 독후감을 보고
그는 문화 평론가가 되어 갔고

그녀가 아이의 글을 칭찬해 줘서
그는 작가가 되었다

그녀가 켜던 바이올린 소리를
소년은 시끄럽다고 욕했지만

동생의 플루트 소리를
그녀는 친구와 함께 들었다

그녀가 부르던 '동지가'는
아이에게 너무 멋있었고

그녀의 봉사 동아리는
아이의 동경의 대상이었다

그렇게 그녀의 것들을
많이도 받았는데
아이는 아직도 고마움을 모르는 것 같다

화장이 끝나길 기다리며

저녁 5시 반
그녀의 화장이 끝났을까?

모든 여자는 화장을 한다
파운데이션만은 누구라도

나는 애가 탄다
애받는 심정으로 라테를 마신다
나의 차가운 가슴에 붓는다

참으로 파운데이션만 하는
그녀가 참 예쁘다

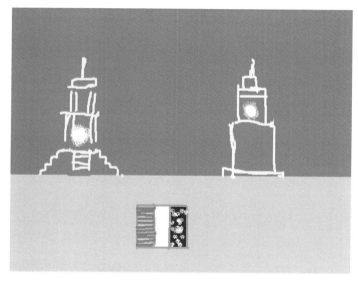

인간의 영혼을 보관하는 3가지 방법

2부

동업자들

간호사

꽂고 재고 넣고 맞추고
자르고 붙이고 켜고 끄고
밀고 들고 잡고 끌고
켜고 맞추고 끌고 뒤집고
꽂고 재고 보고 쓰고

휴,
그래도 가끔은 우리도 커피를 마신다

달3

그의 꿈

가장 첨단을 걷는 일!
그것은 나의 짐이며

또한 오토리녹스의 군용 칼처럼
유용한 임무

땅을 이륙과 착륙을 반복하는
인도자이며 운전자

많은 일을 할 수 있으며
무리 중
가장 세련됐다

(마취과에 바침)

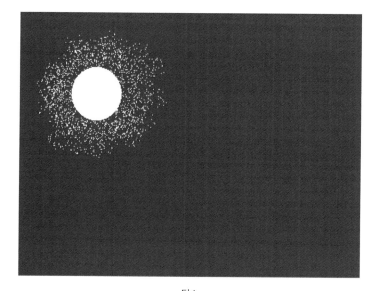

달4

꿈의 해석자

야곱의 11번째 아들이거나 또는
페르시아의 3번째 왕후장상

왕의 꿈의 해몽가 또는 고대 물품들의 해독자

아주 오랫동안 잊혀졌지만
이제는 기억되어져야 할 것들에 대하여

그러나 부분이 되어 살 수밖에 없는
물결치는 땅을 밟는 사람들에 대하여

오랜 국가의 잊혀진 부품들을
다시 살리기를 희망한다

스토르게

흔들리는 세상 속에서

흔들리지 않음을 희망한다

(정신과에 바침)

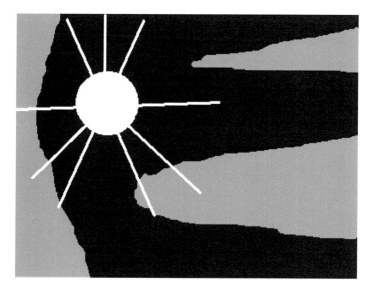

달5

나의 배신자

너는 그때 나의 배신자였다

내가 죽어라 해도 안 되던 것을 너는 마치 여유를 부리며 하
는 듯 보였다
잘난 놈 중에서도 따라갈 수 없는 놈이었다

'남자는 항상 중앙으로 가야 한다.'는 너의 말에
나는 속으로 눈물을 삼켜야 했다

이제 나에게도 신조가 생겼다
이제 나는 물러서지 않을 것이다

너의 신조가 중용이 되어 갈 때
나도 어딘가에 닿아 있을 것이다

스토르게

(PS로 간 한 인턴 동기생에게 바침)

무서운 자

나이팅게일의 영광

오랜 전장의 영광
아름답진 않지만 투박한 꽃

가슴속에 뜨거운 불꽃은
남자들만의 것이 아니다

상처를 덮는 오래된 여자의 손길이
전사자들을 위로한다

전장에서 피어난 이 투박한 꽃은
백색 깃발 속에 향기를 펄럭인다

스토르게

나이팅게일의 영광 II

너는 고요한 다이아몬드
보석 중 가장 귀한 것

전장에서 피어나는 투박한 꽃

오티즘과 패닉은 나의 영광이며
나의 존재와 이 전투는 떼려야 뗄 수 없다

전사는 아니지만
힘들어 피우는 꽃

그리고 어떤 해부학적 굴레에 대한 도전

람미

오래된 전통의
또 하나의 등불

그대가 가진 것 또한
남자들만의 전유물이 아니다

환자를 위하는 따뜻한 손길

람미
너에게서 위로 있으리

(어느 간호사에게 바침)

스토르게

대장내시경 로봇

병원에서 죽다

죽음은 잔인하고도 슬프게 온다
당하는 사람은 생각 않고 온다

어린 날의 죽음은 외롭고 쓸쓸하다
기억해 줄 이도 별로 없고
처음부터 부질없었던 목숨인 양 그렇게 간다
죽음은 어린아이에게 잔인하고 비정하다

젊은 날의 죽음도 애절하다
목메인 어머니의 간절한 외침을
죽음은 매정하게 뿌리치고 온다

중년 날의 사망은 허망하다
배우자의 눈물도 자식의 매달림도 보지 않고 듣지 않고
죽음은 황망하게 온다

늙은 날의 죽음은 당연한 양 온다
그가 어떤 대단한 사람이었는가와는 상관없이
간단히 가 버린다

온천지에 슬픔이 사무치고
눈에 짠한 눈물이 차도
같이 가고 싶다고
바꿔 주고 싶다고
뼛속 깊이 사무치게 울어도…

숨쉬기

우리는 의학의 힘든 분야

닿을 수 없음에도
작은 힘으로 피조물을 바꾼다

허깨비로 존재할 수 없음에 숨 쉰다
따라 누웠을 영혼은 몸 전체에 있다

우리 손으로 새로운 삶을 만들어 낸다
인간적인 너무나 인간적인 부속들

죽을 수 있는
모를 수 없는
닿을 수 없는

(GS에 바치는 시)

스토르게

만류

써전의 노래

밝디 밝은 조명 속에
상처 입은 생명을 보니
내가 여기 있고 없고
깊은 생각 큰 한숨 속에
거칠 것이 없다

아기

덜 큰 인간의 새끼도 하나님의 호흡이며
천국에서 더 환영받을 존재

하지만 모든 검사가 버겁기만 하다

품 안의 아기는 만 가지의 표정
환상 속의 조우커 슬며시 웃는다

오늘 있었던 아기의 피울음들은
저녁, 달콤한 엄마 품에서 녹을 것이다

(소아과에 바침)

어느 의국

회진을 피해 바닷가에서 일광욕을 즐기던 H 선생

병리학을 때려치우고 3번째 수련 중인 S 선생

분당에서 쫓겨나 부산까지 내려온 L 선생

믿음만 좋고 의료 봉사만 4년째 K 선생

굴리면 굴러간다고 자부되는 G 선생

모두 여기에 있네
모두 여기에 모였네

살아남은 자를 위하여
축배

목자의 십자가

F

알파벳의 끝은 F다
도저히 내려갈 수 없는 자리

주께서 이 무거운 짐에 1g의 무게를 더하시는도다

그토록 주님을 아꼈는데…

그렇다면 하나님도 F가 나오실까?

몇 과목 남기고 전부 알파벳의 끝자리
지금은 1997년 IMF 시대
I am F

(1997년, 나는 유급했다)

단면

옛날 전쟁터

끝나지 않는 싸움터에

온 군데 나뒹구는 전쟁터와 같은 연장들과
인간이 하나의 동물임을 아는 오랜 확신

저것은 아마도 아비의 뼈
이것은 아마도 어미의 살
하지만 그것은 잊혀져야 하는 것

칼로 잘라지는 것은
육체만이 아니다

파토스, 그것조차 잘려질 수 있는 것!

(OS에 바치는 시)

스토르게

오랜 전통의 주인

그는 이 일에 세월을 많이 들였다

드디어,
비밀로 지켜져 오던 공간에 들어서기 시작한다

열리지 않던 문들이
하나씩 열리기 시작한다

그가 비밀스러웠던 공간에 들어서 있다

옴

가렵다
매우 많이

군대에서의 그 견딜 수 없던 가려움이
이 녀석들이었나 보다

군의관은 스테로이드 크림만 진탕으로 처방했고
이 녀석들은 스테로이드로는 절대 죽지 않는다

아! 1층 선생이 원망스럽다
설마설마했겠지!

연고 바르고 자면
내일은 나을까?

가렵다

매우 많이

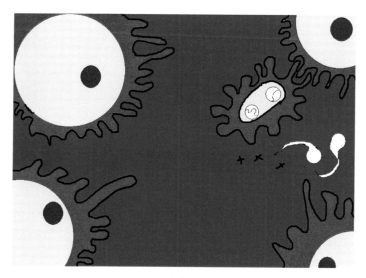

바이러스

외인부대

삶은 외인부대

저곳에서 살아 돌아온 자들
모두 여기에 있네

시련과 상처를 넘어
모두 여기에 있네

어렵게 삶을 꾸려 온 자들
모두 여기에 있네

살아 있는 자들을 향하여
이제는 삶의 비상!

스토르게

살아남은 자들에게
축배를 들자

(신경과에 바침)

별2

유방암 폐 전이

그녀는 폐암이었다
그녀가 보지 못한 미래가 얼마나 멋진 것임을
그녀는 알지 못했을 것이다

앞으로 내게도 그렇긴 하겠지만

바로 그녀의 그때
그녀의 전화기와
그녀의 명품 가방과
그 외 사소한 것들도 그 생명 다하였다

그 사연 만들어 낸 사람들 다 가더라도
땅에는 다른 이들 계속 살아가겠지

사람들 자취 속, 거대한 무덤처럼

세상에 사람들 그 속에 살아가겠지

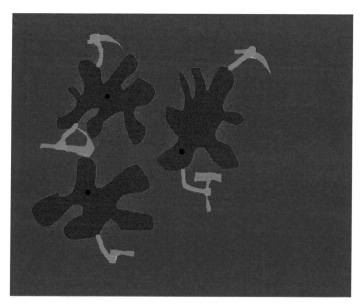

암세포들

응급 구조사의 시지푸스 신화

인간의 굴레에 대하여 많은 토론이 있어 왔으나,
해부학적인 굴레는 여전히 풀릴 수 없다

정복될 수 없는 사냥물에 대하여
많은 도전이 있었지만 대부분은 처녀지로 남아 있다

우리의 삶에서 accident는 끊임없으나
우리의 자세는 영원하다

(응급 구조사에게 바침)

스토르게

용 둘

의사와 간호사

의사가 간호사에게 말했다
"너는 내 장갑."

간호사가 의사에게 말했다
"너는 내 아들이잖아."

그 둘의 관계에 대해 말하자면
한쪽은 중장갑 기병의 장갑이며
한쪽은 어머니이자 아들

얼굴

자폐

세상과 싸우며
시니컬하게 바라본다
가족과 사회를

분노와 실망, 그리고 포기

어머니에 대한 상처와
상처 입은 뇌

해결되지 않는
자극에 대한 해석의 문제

오, 버려진 아이들

진료의 뜻

나는 아파하는 사람의 '무언가'이며
병실은 누나와 동생이 누워 있는 곳이고
나는 내가 아닌 '무엇'이다

(내과에 바침)

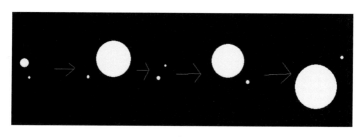

변화

칼을 쥐는 이유

호흡이 나가지 않는 한 죽은 자가 아니다
그의 뇌 안 몇 가지 시냅스가 죽었을 뿐

관계 속에서 그의 삶은 여전히 지속된다
주의 호흡은 말초의 육체 속에도 스며 있다

상처받고 상처 주는 일은 그의 삶에서 떠났지만
주의 호흡은 여전히 떠나지 않고 있다

(NS에 바치는 시)

인간 카드

트레이싱

그의 꿈은 스텔스의 파일럿

정보의 회전과 교환 속에
그는 기체의 일부가 된다

어떠한 작업보다 징교하고
어떠한 작업보다 정밀하다

그가 발견한 것은
잊혀진 전통의 또 다른 해석
가장 정밀하고 비싼 기계

무리의 첨단에서 앞으로 나른다

(방사선과에 바침)

PARANOID

나는 병을 추적하는 진정한 사냥꾼
모든 흔적은 지나간 사건을 말하고 있다

숨어 쏜 화살에
절룩이는 사슴이 활을 맞았음은 물론이다

때론 너무나 위험한 발상이지만
인간의 굴레를 벗을 수 없는 치유자의 한계

눈물로 쓰여진 내 가슴의 흔적들은
지울 수 없으며 지워지지 않을 것이다

사랑!
그것에 도달하는 길은 너무나 길고 험하다

포기할 수 없는

인간적인, 유기적인 부속들

땀으로 깨끗해진 곳을
더럽힐 수 없다

죽을 수 있는 것을
모를 수 없다

닿을 수 없음에도
포기할 수 없다

피가 몸 밖으로 돌아도
포기할 수 없는
말 그대로 心부, 肺부

(TS 흉부외과에 바침)

스토르게

택시

3부

◇

그 외 형제들

가게

그곳은 작은 보물 창고.
주얼리들이 가득가득 찼고
값이 저렴했지

아뿔싸,
내가 바쁜 몇 달 사이
보물 창고는 사라졌다
다시 찾을 수 없었다

그곳은 자동차 커피숍
스물다섯 사장이
직접 타서 주는 커피

값이 쌌지만,
알 거 다 아는

스토르게

어린 사장의 커피는
아주아주 깔끔했다

술과 음악이 좋아
매일 가던 그 바도,
설명을 잘해 주던 바텐더 형이 있던
그 술집도,
모두모두 사라져 갔다

때로 가끔씩은,
다시 보고 싶은 작은 사장들 생각이 든다

공동체에 대한 불만에 대하여

좋은 밥이 있는 하숙집은 아니었다
쓸쓸한 입영과 동창 없는 결혼식을 맞았다

하지만 지나간 것, 이제 다시 오지 않을 것
그것 때문에 왜 슬퍼하겠는가?

주께서 좋은 하숙 친구들과 좋은 전우들이나
더할 나위 없는 아내를 주셨던 일이 더 큰 축복이 아니겠는가?

꽃들은 빈약하였지만
열매들은 풍성하다

Bros

그런 서른

혜븐의 사자 머리, 난 불쌍하다 생각했었어
속으론 사귀던 바텐더 누나가 아깝다고 생각했지
추천해 준 비디오는 그렇게 웃기지가 않을 수 없었어
그야말로 골계미의 극치랄까? 사실 아직도 이해가 안 가
순진한 그 모습이 불쌍했었어

고시원 박씨 형님, 밤에는 택시 기사, 낮에는 공부했지
건물이 몇 채인 엄마가 돈을 한 푼도 안 준다고 했어
형은 회계학과를 꿈꿨는데…
자신만의 왕국을 꿈꿨는데, 잘되었을까?
한 가지 기억에 남는 말은 안경은 추리닝으로 닦는 게 좋다는
그 말

한심하다고, 서른에 저러면 안 된다고
난 그렇게 믿었는데

　　　　　　　　　　　　　　스토르게

불쌍타고 세상에 의지 없는 이들이 저것들이라고

난 그렇게 믿었었는데…

(꿈꿀 수 있다면 그날이 젊은 날입니다)

Sisters

기도원

기도원에서 주께 자리 대신 능력을 구했다

더욱 중요한 것은
돌아오는 차 안 창밖의 먹자 음식점들은
저마다 개성을 자랑하며 손님을 부르고 있었다
한마디로 쓰레기장 같았다

'마리아의 여인숙'이란 영화를 보았었다
정리 안 된 도시의 풍경 또한 다를 바 없었다
거기에 우글거리는 인간들 또한

그럼에도 우리를 사랑하시는 나의 하나님 그분밖에 없다
당신께 감사드린다

스토르게

Sisters2

길거리

거리를 걷다가 주께 자리 또한 구했다

더욱 중요한 것은
내가 물질과 쾌락과 인간을 버렸음에도
나에게 그것을 빼면 아무것도 안 남는다는 점이다

'미선'이라는 영화를 보았었다
십자가에 묶여 폭포에서 떨어지는 그를 보았었다
거기에도 우글거리는 인간들이 있었다
마지막엔 십자가를 안고 전장으로 걸어 들어가던 모습이 떠오
른다

그럼에도 우리를 사랑하시는 하나님 한 분밖에 없다
당신께 감사드린다

스토르게

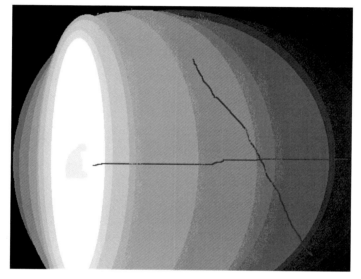

빛과 어두움

꽃

향기로 달아오른
뜨거운

그대 한순간 피었다 지는 장미여
오 그대 일순간의 진한 매화 향기여
오 향기 없이 외롭게 겨울의 미니 장미여
오 그대 오래도록 외로움의 찔레꽃이여
오 그대 순간에 감싸오는 잔잔한 초롱꽃이여
일순 사라지는 불꽃 같은 정열이여

그대 있음에
나 오늘을 사노라

사람 중에 약하고도 강한 것

스토르게

숲

날카로운 칼, 마광한 살로 만드사
땅끝까지 이르게 하소서

주여,
내 입을 날카로운 칼같이 만드시고
나를 그 손 그늘에 숨기시며
나로 마광한 살을 만드사
그 전통에 감추소서

내가 지칠 때,
정녕히 나의 신앙이 여호와께 있고
나의 신념이 나의 하나님께 있음을
알게 하소서

이 쓰레기 폐물 J가
여호와의 보시기에 존귀한 자라 하시며
나의 힘이 되신다 하시니 주께 감사하리로다

스토르게

이 나라를 자기에게로 모이게 하시는데
조금이나마 쓰시려고
나를 태에서 나옴으로부터 자기 종을 삼으신
여호와께 감사하리로다

이 나라에서
보전된 자를 돌아오게 할 것이
오히려 경한 일이라 하시니
나로 이방의 빛을 삼아
당신의 구원을 베풀어서
땅끝까지 이르게 하소서

다시 출발

마지막 순간에 들은 죽는 게 낫다는 그녀의 말
허락 없이는 머리털 하나도 상치 않는다는
주의 말과 상충되는 그녀의 말이 내 가슴을 찌른다

긴 여행 끝, female들의 버림 속에 다다른 나의 기도 자리에서
기도원 쏙대기 십자가 위엔 피뢰침이 쓸쓸하게 서 있구나

엘리야의 하나님 우리의 하나님
엘리야와 상관없이 일을 진행시키시는 하나님

하지만 우리가 비록 미로 동굴에 거할지라도
그대로 두라는 그 노인의 말은 주의 뜻을 이루게 하시리라

스토르게

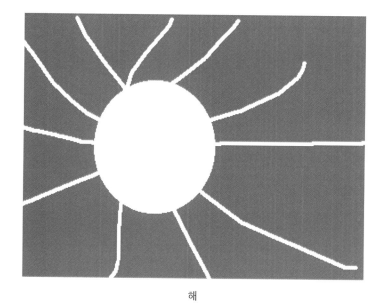

해

동굴의 주인 2

깊은 곳에 용암이 흘러 흘러
땅을 뚫었다

그곳에서 사는 것은 비단 종유석과 석주만이 아니다

때론 거미 같은 곤충과 또는 그것을 잡아먹는 도마뱀
그리고 밤에만 집을 나서는 퇴화된 설치류

그날이 오면,
동굴에서도 축제가 벌어질 것이다

거미와 도마뱀이 화해하고,
박쥐가 낮에 집을 나서는
그런 날이 오리라

(내게 여동생들로 인식되었던 이들에게)

스토르게

해2

동명성의 땅

시대는 다시 시대의 사람을 불러
예전에는 없었던 그러나 새롭지도 않은 일들을 시작한다

천국은 마치 오래된 창고를 관리하는 관리자와 같으며
또한 희어진 들판에 나가는 농부와 같다
많은 이를 초대하였으나 아무도 오시 않았던 잔치와 같다

주의 기록에 닿지 않았던 동명성의 아들의 땅
때론 은혜가 메말랐던 가장 잊혀졌던 땅에
동쪽으로 흘러온 강물의 길이 드디어 열렸다

　　　　　　　　　　　　　　　　　　　　스토르게

해3

떠나는 그에게

사랑은 숙명적인 것
그것은 에로스에서 시작하여 아가페로 끝난다

나의 경우
하늘에 살 수 없었고
땅을 기는 고등 생물이었다

이제 독일과 코스타리카로 떠난 그들에게
말하고 싶다

힘을 내라
그곳에서 아름다운 둥지가 자랄 것이 틀림없다

(어느 선교사들에게 바침)

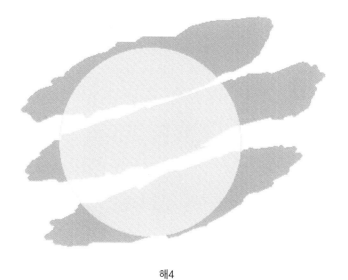

해4

Let it go

대학생 선교 모임의 참회의 자리
그곳은 목욕탕과 같았다 하지만 나는 옷을 벗지 않았다
비겁한 놈이었다

장군과 소년병 비슷했던 우리,
그녀와 나는 반드시 합격해야만 했던 존재였다

벌써 그곳의 동무들은 다 제 길로 갔건만
아직도 나는 가지 못하였다

엘리야의 하나님 나의 하나님
엘리야와 상관없이 일을 진행시키시는 하나님

그대로 두라는 가말리엘 노인의 말은

스토르게

주의 뜻을 이루게 하셨으리라

내 인생에서도 그러하리라

해5

로맨티스트에 대하여

종교의 이름으로 살인을 행하며
나는 떳떳하다 외치는 우리의 거두들이여

옛날 노예로 잡혀 와
원형 경기장에서 내 명예와 맞바뀌지던
목숨의 주인들이여

중동 진지 깊숙이
작전명 사막의 폭풍
붉은 피와 함께 사라진 전우들이여

빈손으로 뉴욕 시티에 상경해
도박판에 머물다가
빈털터리로 고향으로 향하던 주먹들이여

다리 밑 하룻밤 뒹굴던 잠자리보다
그녀가 쥐어 준 꽃이 소중한 어리석은 자들이여

시장에서 만나서 무덤까지 가는
갑자기 찾아왔던 운명만이 추억인 미련한 자들이여

늙어 죽기 전까지 함께한 사랑에게
사랑한다 말할 수 없는 수줍은 사람이여

인간의 모든 것이
이렇게 단순하리라 믿는 그대들이여

Mottoes of fathers

Life is short, but art is long

Life is short, but day is long

Life is short, but hours are plenty

목자

선한 목자께서

그들에게 삯을 쳐 주시는도다

선하기만 한 목자가 되고 싶었으나

인간은 먹어야 하는

땅을 기는 존재

인간이기에

물질 앞에서

다른 이들과 똑같은 입장

0.5g

산을 힘들게 오를 때,
넌 에너자이저 같다고 친구가 속삭였다
쓰러질 뻔했지만 겨우 올랐다
그 말이 내겐 부담 지우는 마지막 0.5그램이었다

완선 군상을 하고 행군을 하는 친구에게
넌 US army 같다고 말했다
조금 뒤 친구는 나뒹굴어졌다
그 말이 그에겐 마지막 0.5그램이었다

그래도 난 산 정상에 3번째로 도착했고,
친구는 차를 타고 나머지 행군을 마쳤다

여전히 해는 뜨고 날도 시원하고
개천에 노는 오리 한 쌍과 붕어들은 기운차다

스토르게

주여 내 마음을

광야로 나를 이끌어
커다란 마음 주시옵소서

나를 다시 불가로 이끌어
따뜻한 마음 주시옵소서

커다랗고 따뜻한 마음으로
세상을 품게 하소서

주여,
내 마음을 강하게 하소서
그래서 순결한 마음으로
주 앞에서 살게 하소서

참회

내 어린 새들을 내가 놓아 보냈다
내 사랑하는 친구들에게 손을 흔들어 주지 못했다
이제는 다시 흘러간 너에게 사랑한다고 말할 수 있을까?
빠르게 달려가던 너에게 사랑한다고 말하고 싶었다
이제 와서 말해도 될까?

내 사랑이 끝났기에 내 청춘도 끝났는 줄 알았다
그럼에도
이 굴레 속에서도 주님은 함께하신단다
차라리 나를 必殺해 다오

산불이고 지랄이고 다 필요 없는 이야기
리비도고 본능이고 다 필요 없는 이야기
가슴속 불꽃 혹은 누군가 가슴의 민들레 홀씨처럼

어린애들 놀이 같은

사랑만이 너와 나만이 그것만이 전부인 것을

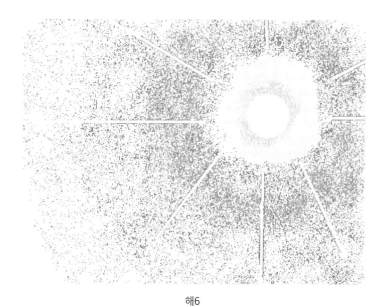

해6

青

인생의 중앙에 핀 너 장미여
안개를 뚫고 핀 너 장미여

내 그대를 사랑함은
이유가 있어서가 아님이라

가시형 틀 속에 갇힌
왕과도 같은 너

(청춘을 노래)

스토르게

해7

화택과 환자

온 세상이 화택이다
온 세상 사람들이 환자다

그러나
소방차도 의사도 없다

우리는 그저
불과 병을 피할 뿐

스토르게

황망한 죽음

.

오늘 김 집사가 칼에 찔러 죽었다
황망히 떠난 김 집사, 이생이 화석처럼 굳어 버렸다

이 한목숨 내 사연 다 가지고 가더라도
땅에는 그 흔적들 따라 다른 이들 계속 남아 살겠지

용 닥터, 이제는 아무것도 느끼지 못하지
김 집사, 딱딱하게 굳은 시신 되었겠지

이제는 그 이름으로 불리우지도 않는다

내 몸뚱아리의 머리만 빼고
다 굳어 가고 죽어 가는 걸 보는 게 인류의 현실일까

누구나 사람은 죽는데

그걸 보는 나는 살아 있구나

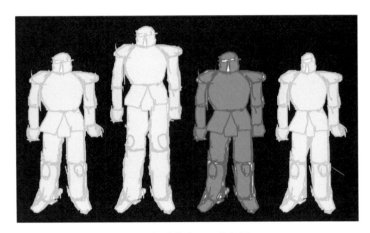

2010년4월의_어느_브랜치병원